家族の絆

愛の詩11

岐阜県養老町

大巧社

本書は令和元年度の第二十回「家族の絆　愛の詩」
（主催―岐阜県養老町愛の詩募集実行委員会
後援―岐阜県教育委員会
協賛―養老町観光協会・養老町小中学校長会・
　養老郡町ＰＴＡ連合会・養老鉄道を守る会）
の入賞作品を中心にまとめたものである。
選考は富長覚梁、椎野満代、頼圭二郎、岩井昭、井手ひとみの諸氏である。

目次

家族の絆　愛の詩に寄せて

一般の部

あとがき

版画……山田喜代春
装幀……岩崎　美紀

家族の絆　愛の詩に寄せて

わたしの心に働きかける愛のうねり

冨長　覚梁

第二十回の「家族の絆・愛の詩」への応募作品は、令和元年に当り、それだけに大変新鮮さを感じさせる作品も多くありました。

養老町内の小中学校の生徒さんには、全校ぐるみで毎年応募いただいていて、六年生の生徒さんにおいては、六回も応募いただき、したがって、「家族の絆」のとらえかたも、また表現の完成度も深くなっている作品も多く見られるようになりました。

一般の部においても、町内からも多くの方々から応募をいただき、しかも入賞された方が何人もありましたことに、格別の歓《よろこ》びを感じました。

また全国から、愛の心のうねりを感じさせていただいた作品を、多く応募いただきました。町内の人々に貴重な刺激となっています。

二十回という大切な節目を迎え、「わたし」にとっての「父母」について、考えてみたいと思います。

「わたし」の「父母」には三通りあります。一つは戸籍の上にのっている父母です。一つは「わたし」の前にいる父母です。そしてもう一つはお父さん、お母さんと呼ぶ中で、たとえなくなっていても、わたしの心の中心へ愛の波となって働きかけてくるお父さん、お母さんです。

戦争中、「お母さん」と呼んで死んでいかれた多くの若い兵隊さんがいました。呼ぼうと思って呼ぶのでもなく、呼べば助かると思って呼ぶのでもなく、あの一言の中にお母さんとのこの上もない対面があったのです。

遠く離れてはいても、「お母さん」と呼ぶその瞬間の一言に、お母さんと深く会っておられたのでしょう。生きて働いているお母さんの、海よりも深いといわれる愛の波を、心いっぱい受け取られたのでしょう。

わたしたちもこのようにお父さん、お母さんと呼ぶ声の中で、お父さん、お母さんの決して休むことのない尊い心、愛のうねりにふれ、この至上のぬくもりの絆をえて、幸せに日々を過ごしているのです。

お釈迦《しゃか》さまが言われていますように、まさしく父の慈恩は山王（ヒマラヤ山脈）よりも高く、母の慈恩は海よりも深いのです。

わたしたちはいつも会っている家族には、そのご恩に気づくことがなく、それだけに気づいてその気づき方を深めていくとき、父、母、兄弟、祖父母の愛に出会えるのです。

その出会いの瞬間に、家族への言葉が生まれ湧《わ》いてくる。その言葉は、その出会いの深さによってきまるのでしょう。

最優秀賞の新井皐月さん、松田由佳さんの作品は、共通して閉ざされている心が次第に開放されていく様子が、繊細な感覚でとらえられています。

（岐阜県詩人会顧問）

最優秀賞

心の宿る場所

新井　皐月

金曜日の夜は心がおどる
フワフワ　ソワソワ動き出し
足が心を持ってるみたい

春にお父さんが転勤になった
遠い遠い場所だから
これまでみたいに会えないね

でもさびしいなんて言わないよ
だれが一番さびしいか
言わなくたって　わかるから

まちどおしいその夜に
エンジン音が近づいて
いつもより早く　車のドアが開く
はずむお父さんのくつおとに
私の足も　おどりだす

小さなステップふみながら

足はまっすぐ玄関へ
「ただいま」のその声に
ほほえむお父さんの口のはじ
会いたかったと書いてある

心は心だけにあるんじゃない
足にも手にも口にも宿るもの

少しやせたお父さんの手をとって
「おかえりなさい」と返したら
ほら　私の口の両はじも

会いたかったと語り出す

（あらい　さつき・岐阜県　小5）

青いYシャツ

松田　由佳

あなたが放り出した一枚は
くったりと水の中で回る
すみません、すみません、と
手を上げて白い泡を吐きながら
このやろう、このやろう、と
ねじれて黒い泡を飛ばしながら

ピー　ピー　ピー
試合終了の合図

ベランダに浮かんだYシャツ
かすかな風をひとひら纏《まと》い
朝の光を背に眠りゆく

買ってきた時は
海の色だった
半年経ったら
空の色に褪《あ》せ

一年経ったら
職場の色が滲《にじ》んだ

夕方、西日で目を覚ました一枚は
アイロン台で横たわる
眉間《みけん》のシワ　笑いジワ
波打つココロ　嗄《しゃが》れたノド
片っ端から伸ばされて
うっとりと言葉も発しない

今日の洗いたては

真夏のプールの色
時にはふんわり包んで
時には鎧《よろい》になって戦って
（うまくいきますように！）
あなたのクローゼットの左端に
水曜日の一枚を送り出す

（まつだ　ゆか・埼玉県　51歳）

優秀賞

とうもろこし

服部　愛叶

とうもろこしのかわをむいた。
一まい、二まい、三まい
たくさんの黄色のつぶがあらわれた。
ツヤツヤと
おいしそうなつぶがそろっている。
二本目のかわをむいた。
虫に食われた茶色いつぶがでてきた。
「ウギァー、よう虫だ」
とびっくりしてとうもろこしを

ほうりなげた。
「よう虫がいるとあまくておいしんだよ」
よう虫をやさしくばあちゃんがとった。
六本のかわをむいた。
六本のとうもろこしの中に
二本の虫食いとうもろこしがあった。
とうもろこしをゆがいたら
白いゆげが
もくもくでてきた。
ほんとうだ。
あまいにおいがしてきた。
ゆげのでたあつあつのとうもろこしが
おさらの上にならんでいる。

虫食いのとうもろこしもならんでいる。
「まなちゃんがかわをむいたから一番に食べなさい」
とばあちゃんがいった。
あつあつであまくてとてもおいしかった。
にいちゃんも
「うまいうまい、ばあちゃんはやさい作りの天さいだ」
といいながら食べていた。
はのあいだにつぶがはさまったけど
いっきに食べたら
あっというまにつぶがなくなり
一本の白いはだかのしんが
あらわれた。
「ありがとう、おいしかったよ」

とちいさな声でつぶやいた。

（はっとり　まなか・岐阜県　小3）

夏のおさんぽとあしながおじさん

吉田　諭郷

真夏の夕方
ぼくとお母さんの二人でさんぽ
「あしながおじさんみたいやね」
のびるかげを見て
二人で大笑い
かげの二人も大笑い
かげになると
二人のせの高さは同じになって

ぼくは大きくなった気がした

ていぼうに出ると
風がひゅーひゅーふいていて
ぼうしが飛んでいきそうで
必死でおさえる姿が
なぜかおもしろい
二人は二度目の大笑い
おり返し地点についた

夕日がまぶしくて
目の前が見えなくなりかけた
ぼくはぼうしをふかくかぶり

つい走ってしまった
ふり返ると
お母さんは遠くなっていた
かけよるお母さん
にげるぼく
かげのリレーだ
家について
また笑いだした

ついてくるあしながおじさんも
笑っている気がした

（よしだ　ゆさと・岐阜県　小４）

はじまり

中村　もとい

夕刻がささやいた
終わったのではなく
今日が始まりだと
窓越しに届いた光が
昔日《せきじつ》のように瞬《またた》いている

あの人は
暗い闘病の果てに
柩《ひつぎ》の人になって

息子に連れられ
家に帰ってきた

二人で夜を過ごしたいと
迷子になった少年が
父親に抱かれた時のように
初めて顔を緩めると
ドアを閉めた

限りなく静かな夜
いまごろ酒をあたため
蘇《よみがえ》る温もりに浸りながら
こころのアルバムを

めくっているだろう
次ぎの日の夕刻
父が植えた庭木の
落ち葉を掃いていた
窓に射す光の中の
影と語るかのように

（なかむら　もとい・岐阜県　82歳）

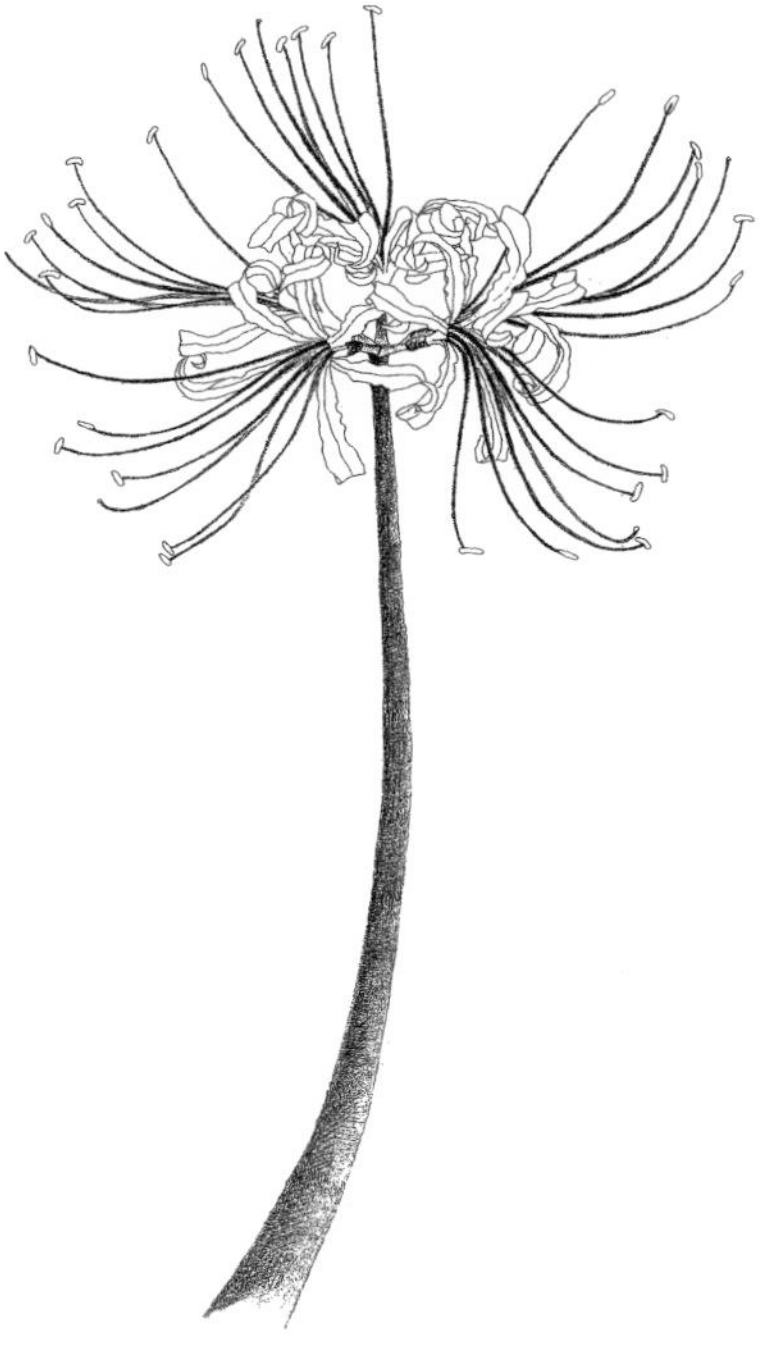

傘立て

和井田　勢津

玄関の傘立てに
何本もカサが入っている
今は二本で足りるのに

子どもたちが置いていったカサ
小学校に通った黄色いカサ
雨の中ささずに飛び出していった青いカサ
ずぶぬれになって帰ってきた赤いカサ
初給料で買ってくれたレース模様の日ガサ

静かに雪の降る夜
初めて会わせたい人を連れてきた
ピンクの水玉と黒いカサが寄り添って

それからそれから
カサの数だけ思い出が
傘立てにつまっている

カサを開けば　あの日の風景
カサを開けば　あの時の言葉

だけどカサはそっと閉じておこう
玄関に傘立てがある

それだけでいい

カサはあなたとつながる手
傘は一つ屋根の下の家族

玄関の傘立てに
何本もカサが入っている

やがてこの傘立てに
わたしとあなたの二本の杖《つえ》も入れよう
かつての父と母のように
やがてこの傘立てに
真新しい小さなカサが入ってくるだろう

それは　次の春のこと

（わいた　せつ・青森県　67歳）

家族賞

ふあんでいっぱいいちねんせい

川瀬　心乃

ずっといきたかった　しょうがっこう
ずっとせおいたかった　らんどせる
ずっときたかった　こんいろのせいふく

きょうからわたしもしょうがくせい
だいすきなおねえちゃんといっしょ

あるいてとうこうするのもへっちゃらさ
だってゆめでいっぱいれんしゅうしたもん

あこがれのらんどせる
あれれ　こんなにおもたいの
ゆめではもっとかるかったのに
ころばずたどりつけるかな
みんなについていけるかな

ふあんでいっぱいいちねんせい
でもでもふあんはふきとぶよ
だってうしろをふりむけば
だいすきなおねえちゃんみまもってくれる
でも　おかしいな
わたしよりふあんなおかおしているよ

いつもえがおのおねえちゃん
きょうはわたしのことしんぱいかしら

（かわせ　この・岐阜県　小1）

ねるじかんだよ

にしわき　るい

ぼく、よるひとりでねれない
いろいろかんがえちゃうんだもん
うちゅうじんがでてくるかもしれないし
ようかいがみてるかもしれない

いっしょにねにいこうとさそうんだけど
なかなかきてくれない
つめたいなあ、さみしいなあ
きてほしいなあ

ぼくといっしょにねたらいいことあるのにな
まっさあじしてあげるよ
ほんをよんであげるよ
うでまくらしてあげるよ
ももたろうのむかしばなしをしてあげるよ

あしたは、おにいちゃんがきてくれるかな
おとうさんがきてくれるかな
おかあさんがきてくれるかな
それともみんながきてくれるかな
みんなでねたら、たのしいゆめがみれるだろうな

こんやもさそってみよう
ぼくといっしょにねよう!

（西脇　琉生・岐阜県　小1）

かき餅

浅田　奈加子

氷点下の朝
突然浮かび上がってきた
かき餅《もち》を焼く風景

ズボン、セーター、くつした
前も後ろも
躰《からだ》に当たる内側も
ヒーターの前でひっくり返しながら
温まるのを待っていたら
どこからか

ほんのり甘さが漂い始める

子どものころ
火鉢を囲んで待っていた
焼き網には何枚かの薄いかき餅
縁が反り返り始める
上と下をひっくり返し
真ん中がぷっくりふくらむのを
まだかまだかと待っている
待ちきれない気持ちばかりが
ぷくぅとふくらんで

ほんのり甘さをまとったズボンをはき

セーターの袖《そで》に手を通しながら聞く
「もうちょっとだからね」
柔らかい声が笑っている

そうだ
かあさんはこんな声だった

（あさだ　なかこ・岐阜県　64歳）

菜の花摘み

野口　敬生

菜の花畑がどこまでもつづいていた
遠くに海が見えていた
私たちは菜の花を摘んだ
今日の夕餉《ゆうげ》にするために
たくさん摘んだ

身を切るような風が吹く、陽がまばゆく降り注ぎ、彼方の雲が氷のように輝く、空は怖いくらいに青く、菜の花が半島の丘陵いっぱいに広がる、丘と丘の間に見える海、その色は底知れぬ深さを湛《たた》え、頭上に風が鳴り、光は地上の全

てに溢《あふ》れている、海の向こう、対岸に遠い思い出のように、
町が陽を受けている

畑の真ん中に道が一本海まで延びている、その道を小さな
小さな影が歩いていく、海からの逆光の中を、愛らしくは
ねながら、あどけない足どりで、母親に手を引かれ、半島
の空の下を歩いていく

風が強く吹いて雲が光る、陸の上にも海原の上にも陽は跳
ね回っている、まだ幼いお前は、こんな光景を憶《おぼ》えてはい
ないだろう、けれど、光に溢れた今日の日曜日が私たち家
族にあったことを、心の何処《どこ》かに刻んでおいてほしい、今
日の輝く空があったことを、人の命に限りはあっても、こ

の空は永遠だということを

私たちは両手にいっぱいの菜の花を抱えて、海を背に一本
道を帰った、このままこの時間がつづいていきますよう
に、そう願いながら、私は小さなひかりの玉のような光景
を、心の奥にそっと仕舞った
すばらしく晴れた、風の強い冬の日のことだった

（のぐち　けいせい・愛知県　62歳）

佳作

小中学生の部

なんでだろう

池田　心羽

いつも　私は
ねえちゃんと遊んでる
いや
遊んであげてる
ご飯も作ってあげてる
仕方ないからやってあげてる

めんどくさいのに
嫌なのに

なんでだろう

もやもやする

ねえちゃんがぼそっと言った一言

「誰やと思っとるんやて
お前のねえちゃんやぞ
なんでも知っとるわ」

そういうなにげない一言で

日頃のもやもやは
全部吹きとんでるんだなあ

（いけだ　ここは・岐阜県　中2）

心の思い

大塚　華茄

きらいだ
紙に一言　えんぴつが動いた
私の気持ちを理解してくれない
ぼんやりとしたくもが広がっていた
目にはうつらない

ハートに一つ光を見つけた
楽しかった思い出だ
また思い出増やしたい
うそついた
きらいじゃない

その逆の一言　えんぴつが動いた

（おおつか　はな・岐阜県　中1）

ぼくの毛布

小野　杜真

フワフワ毛布。ぼくの体をすっぽり包み込む。
冬の冷たい空気から守ってくれる。
夏のクーラーの効いた部屋で少し触れると
絶妙に心地良い。

毛布はまるで家族の様。
ぼくが野球の試合をすれば
声を枯らして応援してくれる。
ぼくが弱音を言うと
「うん。うん」
って聞きながら、最後は笑って

「大丈夫」

って思わせてくれる。

旅行やおでかけ、ご飯の時間……。

ほっこり、あったかくぼくを丸ごと包み込んでくれる
ぼくの家族。

だけどその毛布。
いつもフワフワなわけじゃない。
フワフワがスーパー冷却ドライシーツに変わるんだ。
ぼくが悪い事をした時。言い訳して逆ギレした時……。
熱くなったぼくの頭を
カッとなった汗も悔し涙も後悔の涙も、
一気に吸収してくれる。
ぼくの万能毛布。

世界に一つだけの大切な毛布。
ぼくの毛布はかけがえのない最高の毛布なんだ。
（おの　とうま・岐阜県　小6）

「おやすみ」のまえに

川口　真心

ぼくのすきなじかんはね
まいにち　ねるまえ　ほんのじかん
おかあさんとおねえちゃんの
あいだにごろん
ほんのせかいに　さあしゅっぱつ

はらはら　どきどき　おもしろい
おもわず　ぷぷっと　わらっちゃう
かなしいときは　ないちゃうよ
おかあさんに　ぎゅっとだきついて
たくさんないたら　また　よみたくなる

あれあれ　おねえちゃん　ねちゃったか
こえのおおきさ　ちいさくして
おかあさんと　つづきをたのしもう

だんだんぼくも　ねむたくなると
ほんのじかんも　そろそろおわり
きょうもたのしく　すごせたね
いいゆめみてね　おやすみなさい

あしたはなにを　よもうかな

（かわぐち　まこと・岐阜県　小1）

えがおがゆれる

木戸　ひより

おばあちゃんとのさんぽ道
いつもしゃべって歩いた道
楽しい思い出いっぱいの道
手をつないで歩いた道
わたしがわらうと　おばあちゃんもわらう
つないでる手も大きくゆれて
体全部でわらっているみたい

おばあちゃんが年をとって歩けなくなった
車いすがおばあちゃんの足に変身した
大すきだったさんぽも行けなくなっちゃった

ひとりでさんぽをしても
おばあちゃんがいないとなんかさみしい
おばあちゃんもなんだかつまらなさそう

いつものさんぽ道
おばあちゃんにつんだお花のおみやげと
楽しいお話のおみやげを持って帰った
おばあちゃんが楽しそうにわらってくれた
手をたたいてわらってくれた
体全部がゆれていた

おばあちゃんがわらうと　みんながわらう
おばあちゃんのえがおがみんなにでんせんする

おばあちゃんとのさんぽ道
ひとりで歩くさんぽ道
今日のさんぽのおみやげは
四つ葉のクローバーと　学校でのお話
おばあちゃんの体は　えがおでゆれてくれたよ
（きど　ひより・岐阜県　小４）

夏の日

志知　敬祐

この日　ぼくは　一人で
ようろう鉄道に乗り
ようろうえきにおりた
たまごやきが　やけそうなくらい
じりじり　あつい
ジージー　なくせみ
早く　むかえに　きてくれないかな
ベンチで　まつ　ぼく
「どこから　乗ってきたの
のど　かわいているでしょう」
見知らぬ　おばあさん

「だいじょうぶです」
「えんりょしなくて　いいんだよ」
自動はんばいきに　むかった　おばあさん
サイダーを買ってくださった！
ひえひえの　ペットボトル
ありがたーい!!
ほてった　ひたいに　あてた
おばあさんも　ぼくも
えがおになった

自分のは　買うことなく
帰って行く　おばあさん
ぼくは
おばあさんの　後ろすがたに　むかって

ありがとうございます
と　何ども　つぶやいた

（しち　たかひろ・岐阜県　小３）

大おばあちゃんとぼく

鈴木　健矢

ぼくが小さい時
車のおもちゃで遊ぶのがすきだった
大おばあちゃんとはいっしょに車で遊んだ
この子は車のことをよくしっているねぇ
そうニコニコわらって話していた
しわしわのゆびでゆっくりーりと車を動かしていた
そんな大おばあちゃんは去年なくなった
その年の夏、ぼくはびょういんで
ベットに横になっている大おばあちゃんに会った
ニコニコ顔は動くことなく
ただジーっと天上を見つめていた

ぼくはしわしわの手をにぎってみた
大おばあちゃんに話しかけるママの声で
すこしだけほほがゆるんだように見えた
この手を見ると車で遊んだことを思い出した
大おばあちゃんは車のほかにも
色んなことをしっていたと思う
だって九十七年も生きてたんだから
もっともっとお話しをしたかったな
ぼくの車のおもちゃも八年たった
今はしずかにはこの中でねむっている

（すずき　けんや・岐阜県　小3）

いちばんすきなばしょ

髙木　愛来

おかあさんのうでのなか
おかあさんが
「おやすみなさい、いいゆめみてね」
つづけてわたしも
「おやすみなさい、いいゆめみてね」
するとまほうがかかったみたいにねむくなる
うとうとうとうとねむくなる……

あったかくて
ふわふわで
ここがいちばんあんしんする

あつい日も、さむい日も
いつでもいっしょにねんねする
たまにはおかあさんがさきにねんねする
「つかれてるのかな……」
わたしもいっしょにねんねする

ここがいちばんだいすきなばしょ
「おやすみなさい、いいゆめみてね」

（たかぎ　あいら・岐阜県　小1）

なにげない1日

高木　進ノ介

暗い雲の中に降る雨
ぼくは、雨の中家に向かう
玄関の扉を開け
かぼそい声で
「ただいま」
という
それにつられて
小さな声で
「おかえり」
とかえってくる
部屋に入るとお母さんが

グツグツと音をたてるなべに
ネギを入れる途中
「今日も楽しかった?」
と聞く母
「うん」
と、ぼくはかえす
台所のお母さんのところへ行き
思いきって
「昨日は、ごめんね」
あんな態度見せちゃって」

「うん」

自分の気持ちを伝え

ぼくの心はスッキリした
雨はやみ、空には虹がかかっている
こんななにげない1日だが
結こう良い
1日だった

（たかぎ　しんのすけ・岐阜県　中1）

すごろく

髙木　龍成

ぼくが生まれた
すごろくのスタート

運転席後ろのチャイルドシートが
ぼくのマス
そのとなりが母
運転席のマスは父

一年生になりシートベルトになった
けれどマスは進まない

六年生になると父が車を買った
ぼくのマスはいっきに進む
助手席になる
このマスは当たりマスだ
相談に乗ってもらったり
ぐちを聞いてもらったり
おねだりもできる
ふだんは聞けない
父の気持ちも聞くことができる
たまにはふり出しにもどって
母の気持ちを聞いてみよう

ゴールは運転席

将来は父を助手席に乗せて
ドライブへ行きたい

（たかぎ　りゅうせい・岐阜県　小6）

いのち

たかくわ　ゆあ

きのうマスのつかみどりをした。
大きいの小さいのいろいろいた。
もしかしたらかぞくだったのかな。
わたしといもうとで川に入って
マスをおいかけてつかまえた。
つかまえたあとはしおやきにしてたべた。
とてもおいしかったけど
マスのいのちをもらった気がした。
マスはどこからいのちをもらったのかな。
いのちはどうやってつながっているのかな。
マスがえさをたべて大きくなる。

マスをたべてわたしも大きくなる。
わたしはたべられないけど
わたしがするうんちを小さい生きものがたべる。
小さい生きものをマスがたべる。
あれさいしょにもどったみたい。
いのちはわになって
つながっているみたい。
わたしはいろいろな生きもののいのちをもらって
生きている。
いのちはつながる。
これからもいのちをたいせつにしよう。

（高桑　結愛・岐阜県　小2）

最後の一本

田中　義人

パパが食べた
ぼくの大好きなアイスの最後の一本
楽しみにしてたのに

なぜかパパと好きなものが一緒なんだ
こないだも遠足のおかしを食べた

ぼくの好きなとんかつのはしっこも
大好きなおかしのポテトチップスも
なぜかパパも大好きなんだ
パパがぼくのまねをするのか

ぼくがパパのまねをするのか
親子だからにているのかな

ぼくもアイスが好きだけど
パパもアイスが好きなんだ
だから今日は
仕事をがんばっているパパに
最後の一本を
のこしておこう

（たなか　よしと・岐阜県　小4）

ぼくが守るからね

田中　璃空

五年前ぼくの弟が生まれた
生まれたては体中がふにゃふにゃ
さわったらくずれそうでこわかった
小さな手の平に指をそっとのせると
力いっぱいにぎってくれた
お兄ちゃんになった気がした
ぼくは弟を守ると決めた

弟は五才になった
毎日ケンカばかり
時には手を出すこともある

でもぼくには心に決めていることがある
ケンカの最後は負けてあげる
今でもかわいい弟だから

弟ももう少しで小学生
一しょに通うのが楽しみでしかたがない
学校では色々あるだろう
つらいこともあるかもしれない
でも大丈夫
ぼくが守るからね

（たなか　りく・岐阜県　小４）

「ごめん」そして「ありがとう」

苗村　未羽

「ガチャ」

鍵を開ける音。

今の時刻は、夜の八時三分。

弟は、今まで点けていたテレビを消し、
急いで、ノートを開け、鉛筆を持つ。

母が帰ってきた。

「ただいま」

いつも通り、疲れたように母が言う。

すると弟が「今までも勉強してました」

とでも言うかのように、鉛筆を動かしながら
「おかえり！」

と言う。
母は、自分の荷物を降ろすと、
私の勉強部屋の扉を開け、
「ちゃんと勉強しとった？」
「先にお風呂入ってきて」
と言った。
私は、「疲れとるのに」と思いながら、
ため息をつくように返事をした。
お風呂から上がり、私はリビングへ向かった。
すると、母がスマホを持ちながら、
ソファーで寝ていた。
その時の母の顔は、すごく疲れていた。
よく考えてみると、会社から帰えってきて
疲れているのに

「ちゃんと勉強しとった?」
と心配して声をかけてくれたのは、
私のことを思ってなのだ。
そう思った時、たくさんの感謝の思いと
今まで、母に冷たく当たってしまった
過去のことが、いっきに頭を通りすぎた。
「ありがとう」
母には、聞こえないように小さな声で、
私は言い、
そっと掛け布団を掛けた。
母は、少し笑っているように見えた。

(なえむら　みう・岐阜県　中2)

いっしょに

中川　直音

ぼくが本を読んでいたらね
おにいちゃんがいっしょに見よって
ぼくがくつならべをしていたらね
おかあさんがいっしょにやろって
ぼくがボールをなげてたらね
おとうさんがいっしょにやろって
ぼくが虫をさがしていたらね
おじいちゃんがいっしょにさがそって
ぼくがおちゃをのんでいたらね
おばあちゃんがいっしょにのもって
ぼくがかけっこしていたらね

みんながいっしょにはしろって
あれ、なんかずっといっしょだ
あはははは
ひとりじゃないっていうれしいな

（なかがわ　なお・岐阜県　小2）

漣（さざなみ）の音

中川　漣音

漣（さざなみ）の音、それはなんだか
ぼくの心みたいだ
すきなときは心（波）がおしよせて
きらいなときは心（波）がながれていく
いまのぼくはどっちなんだろう
お母さんはぼくに言ってくれた
たのしい時は心がはずんでキラキラしてるね
くるしい時は心がしずんでモヤモヤしてるね
どっちもあなただね
どっちも大好きなあなただね
大丈夫、漣（さざなみ）は心をおだやかにするから

目をつぶって深呼吸
ほら、また漣（さざなみ）の音が聞こえたら
一緒に、話そう

（なかがわ　れお・岐阜県　小5）

元気のもと

長澤　衣希実

おばあちゃんのおはかまいりに行った
私は　おはかで手を合わせると
おばあちゃんに会える気がする
「よう来たね」
わらって言ってくれる気がする
「また来たよ」
私も心の中で　おばあちゃんに話す
なんだか　うれしい気持ちになる
私が元気でいることが
おばあちゃんも　よろこんでくれるかな
そう考えて　空を見た

青くて　きれいな空
まぶしい太よう
気持ちのいい風
私は　ここにいるよ
目に見えないけれど
すぐそばに　おばあちゃんがいる気がした
この広い空のどこかに
おばあちゃんは　にこにことわらって
見ている

生きているって　楽しいな
いのちがあるって　いいな
楽しいこと　うれしいこと　くやしいと思うこと
いろいろあるけれど

目に見えなくても　おうえんしてくれる
おばあちゃんがいる
生きていれば
だいすきな　家族といっしょにいられる
生きているって　うれしいな
今日も　にぎやかな　家族の声
にこにこわらった　家族の顔
私の心に
元気がわいてくる

（ながさわ　このみ・岐阜県　小3）

かぞくみんなの田んぼ

にしわき　るきな

くつは長ぐつ
春　どろの中を歩く
どろっどろになった長ぐつで
なえをうえる
元気にそだつなえのおせわをして
おこめができる
おこめをふくろに入れる
おじいちゃんおばあちゃんち
わたしのおうち
かぞくみんなにとどく
みんなはニコニコと

「ありがとう」
と言う

まい年のおしごとでいつも同じ
たいへんだけど
やっぱりうちのおこめはおいしい
さあ　みんなで
白ごはんをたべようよ

（西脇　瑠稀那・岐阜県　小2）

おじいちゃんとくろねこ

まつもと　こうへい

ふゆのさむいひ
おばあちゃんは
すてねこをひろいました

ひろったつぎのとし
おばあちゃんは
てんごくにいきました

かなしくて
さみしかった
おじいちゃん

ねこがずっとそばにいてくれました

あのひ
ひろったくろねこは
おじいちゃんへの
おくりものだったのです

（松本　光平・岐阜県　小1）

大好きだよ　おっきいじいちゃん

宮代　百香

おっきいじいちゃん覚えてる
私が小さいころ三輪車をおしてくれたね
おっきいじいちゃんにしかできない
あのスピード
おっきいじいちゃん覚えてる
おっきいじいちゃんのたんじょう日
私と妹で、手紙をかいてわたしたね
おっきいじいちゃんが星になってから
私、おっきいじいちゃんの部屋いったらね
私と妹がかいた手紙かざってあったね
とっておいてくれたんだね、うれしかったよ

おっきいじいちゃん覚えてる
これは、ずっと頭にやきついていたよね
おっきいじいちゃん戦争やって
兵隊さんだったんだよね
おっきいじいちゃんすごいよ
戦争やって生きるなんて
私のじまんのおっきいじいちゃんだよ
ねえ、おっきいじいちゃん
いつか、おっきいじいちゃんと
しゃべれる電話がほしいね
けどね、それは、きっと不可能だよね
けどね、私の心には、ずっと
おっきいじいちゃんがいるよ
おっきいじいちゃんが星になっても

ずっとずっと忘れないよ
大好きだよ
おっきいじいちゃん

（みやしろ　ももか・岐阜県　小6）

一般の部

思い出かぞえうた

上田　愛

ひとつ
ひと時も静まらない
妹たちの騒がしさ
ふたつ
蓋《ふた》が開かないビンの終着点は
真赤な顔したお父さん
みっつ
見つからないと泣いた

お母さんの指輪は猫のお腹の下
よっつ
よっこらせと座るおばあちゃんの
隣でまったく同じのおじいちゃん
いつつ
いつまでも覚えていたい
母の味はたまごやき
むっつ
難しくなった宿題を囲んで
誰も解けずに笑ってしまう
ななつ
七色の虹を見て叫んだ
ピクニックの帰り道
やっつ

「やってみなさい」と背中を押した
優しいお父さんの声
ここのつ
ここに生まれてきてよかった
こっそり思う私の秘密
とお
通りすぎていった何でもない思い出を
ずっと話していたいだんらんのとき

（うえだ　めぐみ・香川県・30歳）

しあわせの記憶

打浪　紘一

あたたかな陽の降り注ぐ縁側で
わたしはいつしかまどろむ
わずかな眠りのあいだに
わたしは幼子となり
がっしりとした父の肩に乗っていた
夢の中の父は何も言わず
ただにこにこと微笑《ほほえ》んでいる
わたしはすこぶる上機嫌で
高い父の肩の上から
遠くの山並みを眺めていた
涼しい風の通り過ぎる縁側で

わたしはいつしかまどろむ
わずかな眠りのあいだに
わたしは幼子となり
ふっくらとした母の膝《ひざ》に向き合っていた
夢の中の母はよくしゃべり
わたしの腕にかけた毛糸を
くるくると巻きとっている
わたしはすこぶる上機嫌で
母の手元の毛糸の玉が
大きくなるのを見つめていた
目覚めればわたしの膝には
桃のような頬《ほほ》の幼子が眠っている
ずっと昔のわたしとそっくりな
その顔をのぞきこむ

「さあ、お散歩に行きましょう」
妻の声で目覚めたわが子を
わたしは肩車して歩き出す
「お父さん、あれなあに」
頭上からの天使の声に
わたしの頬はしあわせでほころぶ
妻の手編みのセーターを着て
息子はすこぶる上機嫌だ
見上げる妻のしあわせそうな笑顔
ずっとつながる家族のしあわせの記憶
息子もいつかきっと夢に見るのだろう

（うちなみ　こういち・大阪府　76歳）

朝一番

大江　豊

夏になると
畑に行って来るよ　と
言っていた　お婆《ばあ》ちゃんが
日の出前から自転車のスタンドを
蹴《け》って　車輪を軋《きし》ませながら
出掛けて行くのだ

もう　いまから追い駆けても
寝惚《ねぼ》け眼のぼくちゃんの脚では
門の辺り　ぼんやり　立って
路地を見送るばかりだ

線路向こう　飛び地の
畑では　汗よりも夜露の雫《しずく》が
葉っぱの上でわらっているようだ
毎日の出来事は　ここから始まっていて
朝のニュースからではないのだ

きょう一番の収穫は　トウモロコシ
一本ずつ捥《も》ぎ取り　前と後ろの籠《かご》入れに
詰めるだけ　積み込み　差し込み
疲れが　溜《た》まったところで

ハンドル握り　ペダルを踏み込むのだ
まわり出したら　しめたもので　踏切で

ベルを鳴らす　お婆ちゃんのお帰りだ

さあ　ご飯にしようかねぇ
朝一番のお婆ちゃんの色艶《いろつや》は
向日葵《ひまわり》のように　満願で　でも
すぐに背中を見せて　お釜《かま》とお鍋《なべ》が
鳴り出すのだ　湯気か煙か
わからなかった　比良《ひら》の山並み

お里帰りの　あの時は
何でも　やってもらって
ぼくちゃん　と　呼ばれて
恥ずかしかったな

（おおえ　ゆたか・愛知県　59歳）

ばぁちゃんの梅干し

岡本　亜衣

梅雨明けの抜けるような青い空
もくもくと立ちのぼる入道雲
やかましいほどの蟬《せみ》の声
どこからか香る梅干しの匂《にお》い

裏の庭に行けば
お天道様をめいっぱいに浴びる
ばぁちゃんの　赤い梅干し

見るだけで
口の中に唾《つば》がじわりと溜《た》まる

ちらりと周りを見渡し
少しカリッとした紫蘇《しそ》を拝借

あぁ　すっぱい
もうひとつ　と
また拝借

あっ　ばぁちゃんが来た
そっと離れる
また明日
次は梅干しも食べ頃だろう

ザルいっぱいの　ばぁちゃんの梅干し
夏の始まりの合図

おかぁさん　食べていい？
子どもが　つまみ食い
すっぱぁい　と言いながら
ふたつ　みっつ
ほどほどにね　と言いながら
一緒に　ひとつ
あぁ　すっぱい
もう　つまみ食いしても
ばぁちゃんに怒られない
子どもと見上げる
梅雨明けの青い空
もくもくと立ちのぼる入道雲

（おかもと　あい・岐阜県　40歳）

母の庭

川地　奈々

娘は絵を書いている
無意識に　くちびるを尖《とが》らせて
「ママ　わたしね　日々草がすきなの」
日々草の花言葉は「楽しい思い出」

昔　母の庭に咲いていた
朱色のサルビア　長い花びら引き抜いて
薄紫の　桔梗《ききょう》の蕾《つぼみ》を見つけては
パチンとわった
あの蕾　ちゃんと咲いたのかな

真っ直ぐ伸びて　整列する黄色の水仙
妖精《ようせい》のような　小さな青のムスカリ

母は小学校に行く私に
教室に飾る　季節の花を持たせた
パチン　パチンと切って
クルクルと新聞紙に包んだ
少し湿った　母の庭の花

静かな朝の廊下で
花瓶に水を注いだ
初夏の百合《ゆり》の　大きな蕾
高学年になると　母に

面倒だから　要らないと言った
もっと持っていけば良かったのに
もう遠い
夢のように　鮮やかな
私だけの　母の庭

（かわち　なな・岐阜県・43歳）

鋏と雷鳴

篠井　雄一朗

雨雲に閉ざされた町のはるか上空で
雷が鳴っている
窓についた水滴が徐々に重なって落下すると
鋏《はさみ》の音も加速していった

――降ってきましたね
シャンプーを終えたお客さんの言葉に
私は相槌《あいづち》を打ちながら
髪を乾かす
その横で
父が一心に鋏を動かす

小さな理容店の主である
父の背中を追いかけて理容師になった
と言ってしまえば格好がつくのだが
腕ひとつで儲《もう》けることのできる
理由で理容業を選んだ私の意志など知らず
見事なカット技術を見せる
音を聞けば判《わか》る
鋏をリズム良く開閉する
まなざしは鬼のよう
裏腹に　指先は繊細に
音楽を奏でるように進む
気迫の熱が押し寄せてくる
その熱に　為す術《すべ》もなく呑《の》まれていく瞬間に
浮かびあがった

この人にはかなわない
雷はすでに遠のいていたが
私の中に芽生えた思いだけが
雷鳴のように
轟《とどろ》いていた

（しのい　ゆういちろう・茨城県　45歳）

ニジマスの塩焼き

菅野　浩芊

あれでよかったのだろうか

百歳まで生きるよ
子供に還《かえ》った母は
からからと笑って言ゥったが
あと三年を生きることは無かった
会う人はみな慰め半分に言う
　九十七歳ですか
いやあ、大往生ですねえ

大往生だったと思いたい

そんな心の奥の奥底より
ひとすじ
突き上げてくるものがある
あれで本当によかったのだろうか

母を連れた旅の途中
湖畔で食べたのが
ニジマスの塩焼きだった
死の一年前
懐かしむように母は呟《つぶや》いたのだった

ほら、あの時のニジマスの塩焼きね
もう一度たべたいなあ

ニジマスの代わりに
ぼくは折詰めの寿司でごまかしたのだ
母は無言で食べながら
再び呟いたのだった

あの時のニジマスの塩焼きはね
本当に美味《おい》しかったよね　と

些細《ささい》な感傷に過ぎないのかもしれない
あの日母は折り詰めの寿司を
美味そうに食べていたのだ
だが本当に
本当にあれでよかったのだろうか
大往生の母の死顔は

安らかではあったのだが

（すがの　ひろしげ・埼玉県　73歳）

小銭が踊る

西尾　富久枝

僕達　三人兄弟の相談がまとまり
雑貨店へ行った

ポケットの小銭《こぜに》が
歩く度に
ちゃりん　ちゃりん音を立て
ぴょん　ぴょん踊る

「いらっしゃい
あれ　あれ　僕達三人お揃《そろ》いで」
「あのね

お母さんに　麦わら帽子　プレゼントするの
トマトの選果場で箱折りした　アルバイト代
三人で出し合って
でもね　オレちゃん　たった十円だけどさ」
末っ子のおしゃべりが
あっという間に　店のおばさんに
全部話してしまった

「お母さん
目をつむって　手を出して」
汗でびっしょりの顔をぶるりん　拭《ぬぐ》った
黒く日焼けした　ざら　ざらの手の平に
真新しい　麦わら帽子……
あごひもの　ピンク色が

目映《まばゆ》い

大粒の涙が
ぽろ　ぽろ流れた

ありがとう　ありがとう
汗と涙で　ぐちゃ　ぐちゃの顔
何度も　何度もお礼を言った

蟬《せみ》が　ミーン　ミーン
ジー　ジー　ジー――　鳴いていた

僕も泣けてきた
みんなに　気づかれぬよう

そっと　涙を拭《ふ》いた

（にしお　ふくえ・岐阜県　78歳）

父の憶い出

八町　敏男

母に連れられて詣《もう》でた縁日の露店には
様々な形の凧《たこ》が垂れ幕の上に
所せましと飾られていた
和凧や奴《やっこ》凧の彩色された華やかさに
幼い私は胸躍らせ、凧が欲しいと思ったが
兄弟が多く、その中の末子に育った私には
決して豊かとはいえない家計から
口に出して母にせがむことは出来なかった

帰宅してから想いに沈む私を見て
母が私にたずねた

「縁日で何か欲しいものがあったの?」
柔和な声音に
私は素直に心の中を伝えた

そばで二人の会話を聞いていた父は
早速、裏山の竹林から竹を一本切り出し
細く縦に割って幾本かの竹ヒゴを用意し
丈夫な和紙に貼《は》って凧を完成させた

初春の大空のなか　凧は
寒気の居残る風に乗って
俊敏な候鳥のように
勢いよく上空に舞い上がった

あの時の父のやさしい眼差《まなざ》しと温かい言葉が
今は亡き父の年齢に達した私の脳裡《のうり》に
懐かしく甦《よみがえ》ってくる

（はっちょう　としお・長野県　74歳）

大きくなりましたね

服部　綾

四年ぶりに訪れた鳥取砂丘
前回は抱っこ紐《ひも》の中にいた小さなあなたが
今は私の手を引いて砂丘を駆け下りています
その　まだ小さな手を握りながら
あなたがいつ転んでも支えられるよう
私はその手に力を込めていました
が　深い砂に足を取られながらも
小さなあなたは後ろの私を何度も振り返り
気遣いの眼差《まなざ》しと声をかけながら
見事に急斜面を走り下りました
大きくなりましたね

童話に出てくる勇敢な騎士のようです
ふふふ　何だかときめいているような
なかなか良い気分です
高い高い砂の丘を立派に乗り越えて
やっとこさ見えた広くて青い海を
あなたはどんな気持ちで見つめているのでしょう
いつのまにか靴を脱ぎ
ズボンをグイッとまくり上げ
押し寄せる波にはしゃぐあなたは
さっき受けたたくましい印象とはかけ離れ
何とも無邪気で可愛《かわい》らしい
あ～あ～　いつのまにか全身ずぶ濡れです
さて　まだ大きな砂山を戻らなければなりませんよ
疲れたあなたの帰り道

急な斜面をダイブするという
何とも大胆で奇想天外な帰り道
海水を全身に含ませて
砂の衣をたっぷり身にまとい
我が家の騎士はフライのようです
大きくなりましたね
でも　まだまだ大きくなりますね
そんなあなたから
たくさんの笑いと元気をもらっています
これからもあなたの事を
幸せな気持ちで見つめていけますように

（はっとり　あや・岐阜県　44歳）

かくれんぼ

藤川　六十一

月が雲に隠れたが、やがて姿を現した
星も、見えたり、見えなかったり
かくれんぼをしているようだ

幼き昔の、かくれんぼ
すぐ見つけられて、泣く私
懐かしい友は、今いずこ

愛は、相手がともにいる時は
暮らしに埋もれているけれど
見えなくなると、探し始める

愛は、離れて、愛になる
隠れて始まる、かくれんぼ
愛は、かくれんぼのようだ

死も、かくれんぼのようなもの
死も、姿が見えなくなっただけ
いつか見つけられて、捕まえられる

死は、皆忘れてしまうこと
皆から忘れられること
長く続くかくれんぼ

まどろみながら、朝を待つ

死とは、朝が来ない夜
闇《やみ》の底に、永久《とわ》に眠る

あなたも私も、夢の中
無常の風が吹き荒れて
花びら落ちる夢の花

死は、夢の中のかくれんぼ
あなたと私のかくれんぼ
かくれんぼなら、又会えるね

（ふじかわ　むとかず・三重県　75歳）

骨の遺言

三尾　みつ子

御坊は言った
こんなに見事な遺骨は初めてです
変色　欠損　傷がありません
余程　鍛錬されたんですね
余程　賢明に生きられたんですね

炉からまっ直ぐ出てきた台の上
父の骨は白く輝き
理科室の標本のように在った
　明治　大正　昭和　平成と生きた
　寡黙な人だった

若い頃
ドイツに留学が決まっていたが
戦争で駄目になった　と
ポツリと言った事があった
大陸から引き揚げ
古里の学校の教師になった
必死に働いて家族五人を養った
娘には勉強しろとは一度も言わなかった
初孫を死産で亡くした時
初めて父の涙を見た
四人の孫には雄弁で好々爺《こうこうや》な父だった

山国の四月　快晴
山裾《やますそ》の山吹の花が一列に咲いて

微風に揺れながら
父の棺を見送ってくれた
骨壺《こつつぼ》を抱いて
御坊の言葉を反芻《はんすう》した
能《よ》く　鍛錬せよ
能く　生きよ
父の骨の遺言だ

（みお　みつこ・愛知県　75歳）

夏の子鬼

村口　宣史

子鬼が、　こちらを見ている
私は、　母の小指を
ギュッと握りしめた
それが、　夏の最後の
思い出
入道雲が、　わきあがる海
公園のベンチに座っていたのが
私だと云《い》うのに
子鬼が、　わたしだったのか
高熱にうなされながら
母のひんやりとした手のひらで

私のひたいは覆われた
次の朝には
水枕の氷は溶けていて
平熱の私のひたいを触る
母の体温を感じることができる
小鬼が、こちらを見ている
夏の翳《かげ》りに
私の中の私の部分
私は、母の小指を
ギュッと握りしめたけど
母に子鬼のことを
話すことはなかった

祖母の初盆を無事に終え

私の小鬼が
じっと、こちらを見ている
祖母が、子供の頃の話だよと
話す小鬼は
私の胸を、今でも
くすぐる

（むらぐち　たかし・三重県　48歳）

怖いんだ

山村　樵人

怖いから明りを消さないでくれ
両手を合わせる母

むかしむかし暗い戦いがあった
むかし暗闇《くらやみ》の中を逃げ惑っていた
手探りで握りしめた子の腕は折れそうだった
ひしめき合う罵声《ばせい》の中船を待つ人　人
サハリン
樺太《からふと》
母の大泊港《おおどまり》　瞼《まぶた》の中の大泊港

もう　おやすみだよ
それでも
明りを消さないでくれと言う
百歳になるというのに
どんな苦しみがあったか暗い戦いのころ

夜中になっても
部屋の明かりは
消してはならない

（やまむら　しょうじん・茨城県　69歳）

あとがき

今から約一三〇〇年前、奈良時代の女帝・元正《げんしょう》天皇が、西暦七一七年にこの地へ行幸《ぎょうこう》され、その美しい泉に感銘を受け、元号を「霊亀《れいき》」から「養老」に改元されたことを受け、町名としております。この出来事は、今もなお「滝の水がお酒になった」という親孝行の孝子伝説とともに語り継がれています。その孝子伝説には、親が子を思う心、子が親を思う心という、私たちが人間として生きるうえで、最も大切な心のありようが、素朴な表現での中に美しく描かれています。

このように、親子愛や家族愛をテーマにした詩の全国募集事業が二十回目を迎え、継続されていることに何よりの喜びがあります。今年度も、岐阜県外の方はもちろんのこと、町内の方からの応募が増えており、六歳の子から九十歳のおばあさんにいたるまで、バラエティーに富んだ詩が寄せられました。

「親と子が心豊かにふれあえるふるさと養老」を目指してスタートしたこの募集事業が、これからも多くの方から愛され、また、全国の方々に浸透し、さらに応募が増えていくことを願ってやみません。

情報化社会がますます加速し、固定電話から個人の携帯電話へ。思ったことをすぐに送受信できる現代社会の中で、家族への思いを馳《は》せ、一語一語吟味して綴《つづ》られた全ての作品を読みますと、その文面から家族の一コマが目に浮かび上がってきます。子は子なりに、親への感謝や素直になれない心を、親は親なりに、子に対する愛情と子育ての難しさを、その時々の自分の感情に寄り添う言葉や素直な言葉を使って表現され、本当に心に染み入る作品が多く見られます。

今年度も、わが子への愛おしい思いや、両親や家族への感謝の心がたくさん溢《あふ》れた一冊となっています。本書を手にとって読んでいただくことで、「家族の大切さ」「親子のつながり」など、人と人との『絆』が多くの方々に共感していただけることと思います。

この詩を募集するにあたり、情熱をもってご指導・選考運営にあたっていただいた、審査員の冨長覚梁先生、椎野満代先生、頼圭二郎先生、岩井昭先生、井手ひとみ先生に厚くお礼申し上げます。また、本書の刊行に全力を傾けられました大巧社の方々のご苦労に対し敬意を表すとともに、本事業をさまざまな形でご支援いただきました関係する全ての皆様に、深く感謝申し上げます。

令和二年一月二十二日

養老町愛の詩募集実行委員会会長

養老町長　大橋　孝

第二十回「家族の絆　愛の詩」の募集には、
令和元年六月十日～九月六日の期間に一般の部二八三篇、
小中学生の部二一三〇篇、計二四一三篇の応募があった。
令和元年十月十五日に最終審査が行われ、
各部とも最優秀賞一篇、優秀賞二篇、家族賞二篇、
佳作十四～二十篇が選ばれた。
なお、本書に掲載した年齢・都道府県名は応募時のものである。
また、本人の希望により、筆名を記したものがある。

●帯（表）のことば

松尾静明（まつお　せいめい）

詩人・作家　1940年広島県生まれ
詩集『丘』『都会の畑』『地球の庭先で』の他，〈ゆうき あい〉の筆名で，歌曲，児童文学，児童詩・童謡などを手がける。日本詩人クラブ会員，日本現代詩人会会員，日本文芸家協会会員，日本歌曲振興波の会会員

●カバー・本文画

山田喜代春（やまだ　きよはる）

詩人・版画家　1948年京都生まれ
詩画集『けんけん』『すきすきずきずき』他，エッセイ集・版画集など。各地で個展開催

家族《かぞく》の絆《きずな》　愛《あい》の詩《し》 11（愛の詩　シリーズ20）

二〇二〇年二月一日　第一版　第一刷印刷
二〇二〇年二月十日　第一版　第一刷発行

編　者……岐阜県養老町《ぎふけんようろうちょう》
発行者……根岸　徹
発行所……株式会社　大巧社
千葉県習志野市袖ケ浦2—1—7—103
〒275—0021
電話　047—407—3473
FAX　047—407—3474
印刷・製本……株式会社　文化カラー印刷
 ISBN978-4-924899-95-7

岐阜県養老町愛の詩シリーズ１～19

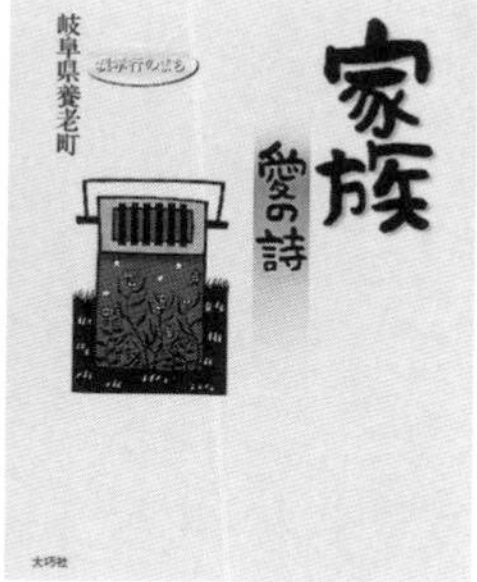

小四六版　定価 各 1200円＋税

家族の絆
愛の詩
募集10周年記念
岐阜県養老町
大巧社

家族の絆
愛の詩 2
親孝行のまち
岐阜県養老町
大巧社

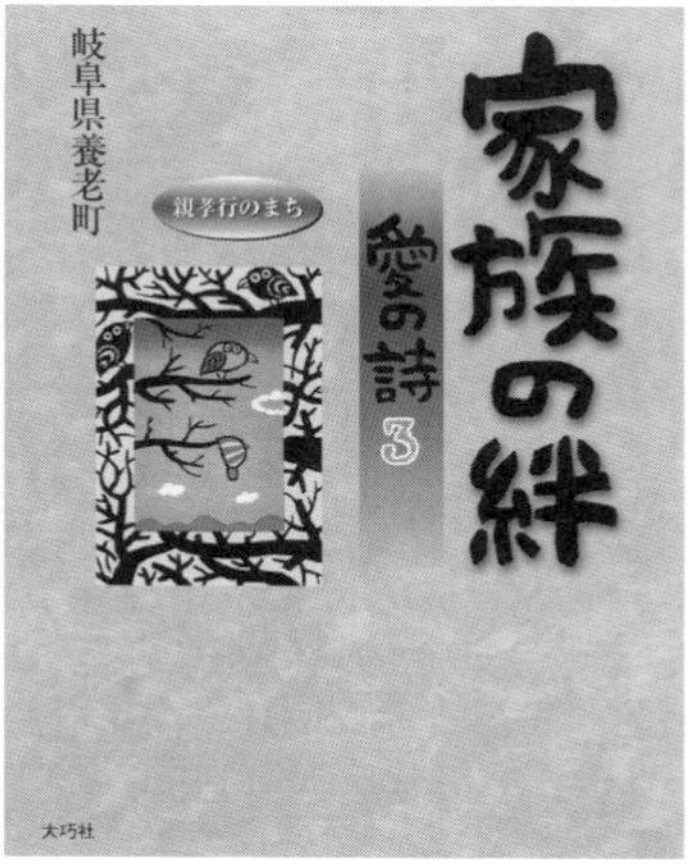
家族の絆
愛の詩 3
親孝行のまち
岐阜県養老町
大巧社

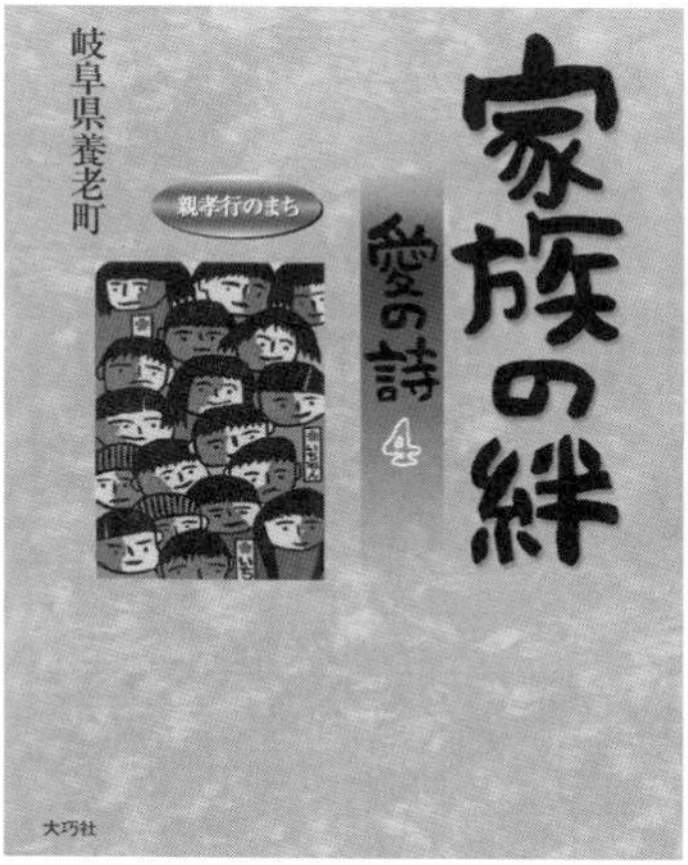
家族の絆
愛の詩 4
親孝行のまち
岐阜県養老町
大巧社

家族の絆
愛の詩
5
親孝行のまち
岐阜県養老町
大巧社

家族の絆
愛の詩
6
親孝行のまち
岐阜県養老町
大巧社

家族の絆
愛の詩
7
親孝行のまち
岐阜県養老町
大巧社

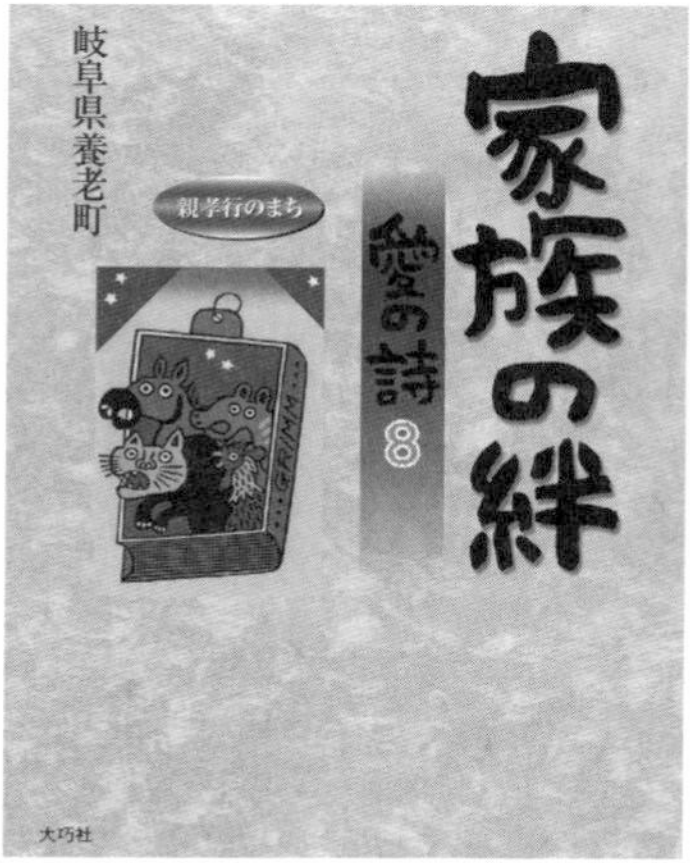
家族の絆
愛の詩
8
親孝行のまち
岐阜県養老町
大巧社

岐阜県養老町
親孝行のまち
家族の絆
愛の詩 10
大巧社

岐阜県養老町
親孝行のまち
家族の絆
愛の詩 9
寿
千歳飴
大巧社